Rainer Bressler, Jurist im Ruhestand und Schriftsteller, geboren 1945, ist Schweizer und lebt in Zürich. In den Jahren 1980 bis 1993 profilierte er sich als Hörspielautor, dessen Hörspiele von Radio DRS produziert und ausgestrahlt wurden.

Bisherige Veröffentlichungen:
7 Hörspiele:
Tom Garner und Jamie Lester; Morgenkonzert; Folgen Sie mir, Madame; Aufruhr in Zürich; Nächst der Sonne; Geliebter / Geliebte; Gaukler der Nacht; Beinahe-Minuten-Krimi
Produziert und ausgestrahlt in den Jahren 1979 bis 1993

Geliebter / Geliebte. 8 Hörspiele, Karpos Verlag, Loznica 2008

Privatzeug 1856 bis 2012. Versuch einer Spurensuche, 5 Bände:
Spur 1 Reisen; Spur 2 Spielen; Spur 3 Schreiben; Spur 4 Dichten; Spur 5 Weben
BoD 2012 bis 2016

Pink Champagne, satirischer Roman, BoD 2020
Schattenkämpfe, Roman, BoD 2020
Kraut & Rüben, Kurzgeschichten, BoD 2020
Reise-Impressionen, Erzählungen, BoD 2020
Fenstersturz, Krimi-Satire, BoD 2020
Texturen, Krimi-Satire, BoD 2020
Theaterstücke Band I bis ..., BoD 2020

Rainer Bressler

Theaterstücke Band II

Trilogie
über gute Menschen der Gegenwart

Marie Kalann

Die Jungs von Stratte 05

Der Salon des Monsieur Westbury

3 Farcen

© 2020 Rainer Bressler

Lektorat und Korrektorat: Rainer Bressler
www.rainerbressler.ch
Umschlagbild: Rainer Bressler, Masken, Aquarell 1973

Aufführungsrecht der Theaterstücke beim Autor

Herstellung und Verlag: BoD – Books on Demand,
Norderstedt

ISBN: 978-3-7519-7931-3

Bibliografische Information der Deutschen
Nationalbibliothek:
Die Deutsche Nationalbibliothek verzeichnet diese
Publikation in der Deutschen Nationalbibliografie;
detaillierte bibliografische Daten sind im Internet über
http://dnb.dnb.de abrufbar.

Die Jungs von Stratte 05

**Ein Bericht in vier Phasen über
aufregende Tage im Leben des
Intendanten Fidering**

Farce

Personen	Schulz (Schneider und Stoffhändler)
	Fidering (Intendant des Fernsehens)
	Meier (Lehrling beim Fernsehen)
	Kloppe (Fussballclubbesitzer und Trainer)
	Torhüter Paul
	General Schösser
	Hulda Schösser (Ehefrau des Generals)
	Gebhartius I. (Bischof)
	Pater Hieronymus (Sekretär des Bischofs)
Ort	Gewichtige Orte in der altehrwürdigen Garnisonsstadt Hinterkappel, die auch Bischofsitz und Sitz eines Fussballclubs ist
Zeit	Eine Zeit, in der Fussball nicht König ist

Prolog

Eingang zu einer Schneiderei

Schulz bietet seine Ware an, mausgraue Stoffe, zieht jedoch verstohlen und listig von Zeit zu Zeit hübsche bunte Stoffmuster hervor.

Schulz   Mausgraue Seide
Mausgraue Leinen
Mausgrauer Barchent
Mausgrau mausgrau mausgrau –
Mit Pailletten verzierter Chiffon
Mit Glitzersteinchen bestickter Damast
Durchsichtige Seide
Mit opalisierend
Hingehauchtem Seerosenmuster
In Lila Altrosa oder Bleu Mourant –
Kam doch o Wunder
Ich konnte es kaum fassen
Eine ganz mutige
Gegen die
Langweilige Biederkeit rebellierende Frau
Setzte ein flammendes Zeichen
Kaufte ganz offen
Nicht in einem Hinterzimmer oder Versteck
Mir bleibt vor Ehrfurcht
Beinahe der Verstand stehn
Fünf Meter
Sie haben richtig verstanden fünf Meter
Von dieser sündhaft teuren
Durchsichtigen Seide

Mit opalisierend
Hingehauchtem Seerosenmuster
In Altrosa
Ein prächtigster Stoff
Heimlich hergestellt hier in Hinterkappel
Von der Weberei Segenteiler
Für den Export
Wo Luxus noch nicht verboten ist
Wo die Leute in Luxus schwelgen dürfen
Hat mich Mühe gekostet
Heimlich einen kleinen Ballen
Von dieser Prachtsseide zu ergattern
Denn der Segenteiler macht
Mit der Exportrisikogarantie
Wo er diesen Prachtsstoff
Als graue Sackleinen deklariert
Bessere Geschäfte
Als wenn er mir kleinen Würstchen
Ein klein wenig davon
Zu einem Wucherpreis
Wegen des Verbots
Verkauft
Einerlei
Die Frau die den verbotenen Stoff kaufte
Bekam bei dessen Anblick
Beinahe einen Orgasmus
Zeterte und schrie
Dass mir bang wurde
Die Sittenpolizei könnte
Auf diesen Handel aufmerksam werden
Doch Glück gehabt
Alles lief glatt
Schien zumindest glatt zu laufen

Bis diese Schlampe
Das Paket
In das ich diesen schönsten Stoff
Sorgfältig verpackt hatte
Mir grinsend auf den Tresen wirft
Hinter ihr taucht Segmüller auf
Und kanzelt mich ab
Dass ich mir erlaube
Den verbotenen Stoff
So offen zu verkaufen
Er könne das Risiko nicht weiter eingehen
Plötzlich aufzufliegen
Wegen eines dummen
Stoffhändlers Schulz
Das bin ich
Der ILLEGAL Handel treibt
Mit verbotenem Stoff
Künftig werde er zu verhindern wissen
Dass je wieder ein Ballen
Seines Stoffs in meinen Laden komme –
Ich scheisse drauf –
Mausgraue Seide
Mausgraue Leinen
Mausgrauer Barchent
Mausgrau mausgrau mausgrau –
Sollen die Leute von Hinterkappel
In Biederkeit verkommen
Mir ist es scheissegal
Und wenn mein Laden draufgeht
Leg ich mich als Clochard
Unter die Brücke über die Arwin –
Der Verfassungsartikel
VERBOT GEGEN

ÜBERTRIEBENEN LUXUS
Ist seit einiger Zeit in Kraft
Die eigens zur Kontrolle
Geschaffene Sittenpolizei
Greift bei Verstössen hart durch
Es ist zum Kotzen
Die stur durchgezogene Gleichmacherei
Knallhart verordnete Biederkeit
Anstatt farbiges Leben

Fidering geht vorüber. Schulz sieht ihm kopfschüttelnd nach.

Schulz   Herr Fidering
Intendant der Fernsehanstalt
Da lach ich mir ins Fäustchen
Er wagt es zumindest
Den Mächtigen in deren Suppe
Zu spucken
Interpretiert die neue Biederkeit
In dem Sinn
Dass das Volk am Bildschirm
Das vorgesetzt bekommen soll
Was es begehrt
Und er weiss
Dass das Volk vom Fernsehen
Doofe Unterhaltung begehrt
Bei der sich gemütlich einschlafen lässt
Nix mehr Fussball
Nix mehr Kirche
Nix mehr Militär
Ha ha ha
Alle Menschen sind gleich
Und werden in die gleiche Form gezwängt

Das ist absolut korrekt
Und so hat die Minderheit Fidering
Übermächtiges Gewicht
Und wird zum Aushängeschild
Jeglicher Abschaffung von
Übertriebenem Luxus
Wie Fantasie und
Überschwänglicher Freude –
Was masst der Winzling Mensch sich an
Selber zu denken
Wenn die biedere Obrigkeit
Und ihre kriecherischen Vasallen
Uns son Biederkeit lenken –
Mausgraue Seide
Mausgraue Leinen
Mausgrauer Barchent
Mausgrau mausgrau mausgrau –
Wäre ich an Fiderings Stelle
Würde ich nicht immer bloss
Graue Mäuse zeigen
Die in einer Tretmühle gefangen sind
In meinem Fernsehprogramm
Flattern Paradiesvögel herum
Was spreche ich von Paradiesvögeln
Ein bunter Vogel reicht aus
Um den grauen Mäusen
Das Tanzen beizubringen
Und in diesen grauen Mäusen
Deren unter Verboten verschüttete Lust
Auf ungezügeltes Leben und Träumen
Neu zu erwecken
Damit das Leben
Endlich wieder diesen Kick bekommt

Der das Dasein lebenswert macht –
Mausgraue Seide
Mausgraue Leinen
Mausgrauer Barchent
Mausgrau mausgrau mausgrau –
Wo sind die wahren Helden hin
Wo sind sie nur geblieben
All diese
Sich pompös inszenierenden Schwätzer
In ihren mausgrauen Uniformen
Ach zum Kotzen –
Es ist klar etwas faul im Staate
Hinterkappel
Und die Leute hier in Hinterkappel
Schlagen sich in selbstherrlicher Idylle
Ihre dicken Wänste
Und abgespeckten Sixpacks voll
Und nach dem Fressen
Einen Rülpser einen Furz
Das war's –
Mausgraue Seide
Mausgraue Leinen
Mausgrauer Barchent
Mausgrau mausgrau mausgrau –
Mir knurrt der Magen
Ach leckt's mir
Hier werde ich nicht einmal meine
mausgrauen Stoffe los
Selbst wenn ich
Mir meine Kehle heiser schreie *(ab)*

Erste Phase

Vier Plattformen:
Im Zentrum die technische Zentrale des Fernsehsenders
Ein privater Prunksalon in der Residenz des Generals mit einem
bloss über eine Strickleiter erreichbaren Annex
Ein privater Prunksalon in der Bischofsresidenz
Ein luxuriöser Funktionsraum des Fussballclubs Stratte 05

Im Rampenlicht steht zu Beginn die Zentrale des Fernsehsenders.
Meier ist am Telefon. Während er telefoniert, schielt er herum, um
sich zu versichern, dass niemand sonst anwesend ist. Gleichzeitig
hantiert er an Geräten herum, verschiebt Schalter, drückt Knöpfe.

Meier   BAK paff paff kara tschwatschka
                     Piri kolüstra partschok karatawa Fidering
                     Tapli zazu prischkotsch
                     Wili kaza

Nach einem Knopfdruck ist im grellem Licht der private
Prunkraum der Residenz des Generals sichtbar. Hulda probiert vor
einem Spiegel mausgraue Kleider. Neben ihr steht eine
Schneiderbüste, an der die ordensüberladene Uniformjacke von
Schösser hängt. Schösser aquarelliert aus einem dicken Buch
kopierend und achtet bloss nebenher auf das Geplätscher von
Hulda. Meier staunt freudig erregt.

Meier   Tischipi watschi wutsch …
Hulda   Mausgrau mausgrau mausgrau –
                     Wer sind wir denn
                     Dass wir uns das gefallen lassen
                     Ich wage mich kaum mehr auf die Strasse

Ich schäme mich so sehr
Wenn ich in der Masse untergehe
Und niemand mehr erkennt
Wer ich in Wahrheit bin
Die Generalin Hulda Schösser
Ach
Als ich …

Schösser   Nicht Generalin
Die Frau Gemahlin des Generals

Hulda   … noch meine Prachtsroben
Und den prächtigen Schmuck
Und die Pelze Boas und Federn
Tragen konnte
Da haben die Leute mich angestarrt
Da war ich noch wer gewesen
Und auch du Schösser
Bist dazu verdammt
Eine mausgraue Uniform zu tragen
Ganz ohne Orden
Bis von einem simplen Arbeiter
Nicht mehr zu unterscheiden –
Mausgrau mausgrau mausgrau –
Ich Ärmste bin dazu verdammt
Lediglich mausgrau zu tragen
Weil du und deine Clique
Mausgrau zur Religion erklärt habt –
Hinterkappel
Welches grausame Schicksal
Hat mich dazu verdammt
In Hinterkappel zu verdorren –
Hörst du mir überhaupt zu

Schösser   Mach nur weiter so

Hulda   Wir müssen unser Leben ändern

Entfache gefälligst ein Feuer
Unter dem Hintern
Dieses Ekels Fidering
Der uns vom Bildschirm verbannt hat
Wie soll das Volk uns kennen und lieben
Wenn es uns nie nie nie
Auf dem Bildschirm sieht
Wir müssen
Uns den Bildschirm zurückerobern
Zur besten Sendezeit
Wir wollen uns beim Volk beliebt machen
Wenn wir schon zum Wohl des Volkes
Keine Mühe scheuen
Um gerechte Kriege zu führen –
Wir wollen am Fernsehen
Unsere Sendung haben
Zur besten Sendezeit
Dann schere ich mich einen Deut
Um die Anweisung
Unserer Regierungskasperles
Als Zeichen der Bescheidenheit
Ausschliesslich mausgrau zu tragen
Dann ziehe ich
Alles was glitzert und glänzt hervor
Schmücke mich wie ein Christbaum
Und du ziehst deine weisse Uniform
Mit den roten Tressen
Und den Goldstickereien
Und allen Orden an

Meier drückt einen anderen Knopf. Der Scheinwerfer ist nun auf die Bischofsresidenz gerichtet, wo Gebhartius in seinem Brevier liest und Hieronymus Pläne schmiedet und oft seine Uhr

konsultiert. Meier lacht erfreut, schielt aber immer wieder angstvoll
nach der Türe.

Meier	Paraklaptschi tawa tschitschi
Hieronymus	Gebi
	Schluss mit Brevierlesen
Gebhartius	Noch ein kleines Weilchen
	Bloss ein kleines Weilchen noch
Hieronymus	Schummelst du wieder
Gebhartius	Ich und schummeln
	Wie denkst du von mir
	Ich bin enttäuscht
	Ich bin Bischof
	Ich und schummeln
Hieronymus	Mickey Mouse Heftchen
Gebhartius	Das Brevier ach
	Kenne ich
	In meinem Alter in- und auswendig
	Nicht aber Superman oder Spiderman
	Diese köstlichen Fortsetzungsgeschichten
	Auch Mickey Mouse ist so süss
Hieronymus	Lügner du
	Das Brevier sichtbar als Tarnung
	Damit die Schafe
	An deinen Glauben glauben
	Mickey Mouse als Tarnung für mich
	In Wahrheit Porno mit nackten Weibern
	Streite nicht ab woran du dich begeilst
Gebhartius	Nein nein
	Keine hässlichen
	Grässlichen nackten Weiber
	Bloss hübsche junge Schäfchen
Hieronymus	Oder Jungs etwa

Gebhartius	Jeder hat junge hübsche Mädels lieb
	So und nun gehe ich die Beichte abnehmen
Hieronymus	Halt halt
	Ich Vollidiot
	Zur Beichte
	Stehen die jungen Mädels Schlange
	Und du Gebi
Gebhartius	Nicht bloss junge Mädels
	Auch alte Weiber
	Rom schätzt mich
	Endlich wieder mal einer
	Der sich nicht an niedlichen Jungs vergreift
	Meine Mädels schweigen wie ein Grab
	Niemand wird je etwas erfahren
	Was in Beichtstühlen möglich ist
	Weil die jungen Mädels danach brennen
	Mit eigenen Augen
	Den Dödel
	Eines strammen Mannes zu sehen
	Und anfassen zu können
	Im Nu hat sich herumgesprochen
	Dass in der Mittelwand des Beichtstuhls
	Ein Astloch ist
	Dessen Pfropfen
	Rausgedrückt werden kann
	Das Loch in der Wand reicht aus
	Um meinen Dödel durchzustrecken
	Weil die Mädels es unbedingt so wollen
	Und ich ihnen diesen Wunsch
	Nicht verwehren möchte –
	Nun schrei nicht gleich Skandal
	Die Mädels wollen es so
	Herrjeh wenn die Mädels mich anflehen

Und partout meinen Dödel küssen wollen
Dann steck ich ihn halt durch
Und sie küssen ihn
Alle wollen ihn küssen
Ich will nicht dass eine zu kurz kommt
Ich achte immer drauf
Dass keine meinen Samen schluckt
Schliesslich wollen wir
Unbedingt keine Sünde begehen –
Du bist schrecklich naiv
Glaubst du im Ernst
Die jungen Mädels stehen Schlange
Um Strafgebete
Für ihre Sünden zu erheischen

Hieronymus   Skandal Skandal Skandal
Bevor er auffliegt
Und uns um die Ohren klatscht
Müssen wir zum Angriff übergehen
Und die Gunst der Stunde nutzen
Wir schenken Fidering einen Primeur
Und er muss dafür
Seinen Bann gegen uns aufheben
Unser Knüller
Ein Kirchenmann der Mädels fickt
Und keine kleinen Jungs
Rom wird aufatmen
Und wir werden zum Landesgespräch
Die Kirche im Aufwind
Dank unserem guten Bischof Gebhartius
Der sich nicht schämt zu sagen
Dass er Mädels mag –
Fidering kann
Bei diesem Primeur nicht kneifen

Doch bei ihm
Der sich gegen aussen hin
Als bunter Vogel gibt
Dabei den Regierungskasperles
In die Hintern kriecht
Und ihr Konzept
Der mausgrauen Bescheidenheit
Bis zur Vergasung zu verbreiten sucht
Ach dieser Fidering
Wie kriegen wir ihn bloss rum
Ihm fehlen das gewisse Etwas
Und der kämpferische Geist

Gebhartius Müs-chen Müs-chen
Drehe nicht gleich durch –
Da fällt mir ein
Wo sind eigentlich meine brokatenen
Und golddurchwirkten Talare
Die ich wegen dieses blöden
Mausgrau-Getue verstecken musste –
Frau Gevatterin das Riechfläschchen bitte
Für mein Müs-chen
Hieronimüs-chen Hieronymus
Dass es nicht vor Freude
Über unseren ganz in
Greifbare Nähe gerückten Durchbruch
Beim Volk
Durchdreht –
Was mache ich
Wenn wegen des Skandals
Die Eltern des Mädels diesen verbieten
Bei mir zur Beichte zu gehen

Hieronymus Oder wenn sie erst recht zu dir strömen
Weil sie jetzt erst recht beichten wollen

	Und so schrecklich neugierig sind
	Was an deinem Dödel
	So Besonderes dran ist
Gebhartius	Richtig
	Diese Möglichkeit hatte ich ganz vergessen
Hieronymus	So nun werden Nägel mit Köpfen gemacht
	In welcher Form
	Werden wir Fidering überfallen
	Und ihm befehlen
	Dass er uns …

Meier, schaut auf seine Armbanduhr. Schielt dann nach der Türe. Überwindet sich dann doch und drückt einen anderen Knopf. der Prunkraum des Bischofspalais verschwindet im Dunkel, im Licht erstrahlt der luxuriöse Funktionsraum des Fussballklubs Stratte 05. Paul hockt in einer Ecke. Kloppe redet auf ihn ein. Meier schielt von seinem Platz immer wieder unruhig zur Türe.

	Tschubtschuk
Meier	Tschubtschuk
Kloppe	Köpfchen Köpfchen
	Wir müssen uns Fidering vorknöpfen
	So kann und darf es nicht weitergehen
	Sein gegen uns ausgesprochener Bann
	Ist eine Frechheit
	Wo soll das Volk
	Das nichts als uns zu sehen begehrt
	Uns seine Helden seine Idole
	Sehen wenn nicht auf dem Bildschirm
	Fussball muss König sein
	Das Volk will es in Wahrheit so
	Fidering ist ein Idiot
	Dass er das nicht erkennt
	Wir müssen ihm gehörig einheizen

	Dass ….
Paul	*(Hält sich die Ohren zu)*
	Ach wie schön dass niemand weiss
	Dass ich der beste Torhüter heiss
	Ach wie schön dass niemand weiss
	Dass ich der beste Torhüter heiss
	Ach wie schön dass niemand weiss
	Dass ich der beste Torhüter heiss
Kloppe	Paule du hast das Zeugs dazu
	Zu einer geilen Kultfigur zu werden
	Färbe dir deine Haare rot
	Oder lass deine Hose runter
	Und wackle mit deinem geilen Arsch
	Weiber stehn auf
	So knuddelige Arschbacken
	Oder nein
	Ja
	Stich einen Ausländer
	Mit einem Messer runter
	Darauf stehen die Männer
	Und sobald der Skandal perfekt ist
	Kann auch der sich ach so gross wähnende
	Kleine Fidering
	Uns nicht länger links liegen lassen
	Dann muss ja muss er über uns berichten
	Den Knüller
	Um Paule den besten Torhüter der Welt
	Ausschlachten bis zum Geht-nicht-mehr
	Das wird unsere Stadien füllen
	Und dann regiert endlich König Fussball
	In Hinterkappel wie es sich gehört
	Schluss mit dem mausgrauen Getue
	Farbige Leibchen und Höschen

	In Kombination mit strammen Waden sind dann
	Ab sofort das höchste der Gefühle
	König Fussball König Fussball
Paul	Und wo soll ich
	Meinst du
	Meine Hose runterlassen
	Soll ich meine Arschbacken rasieren
	Sie sind schrecklich behaart
	Obwohl
	Abrasieren möchte ich diese Haare nicht
	Yashimoto findet die Härchen so sexy
	Und falls sie mich plötzlich
	Nicht mehr sexy findet
	Meinst du ich soll –
	Du ich falle bereits in Ohnmacht
	Wenn ich den kleinsten Tropfen Blut sehe
Kloppe	Lass gefälligst deine Tussi aus dem Spiel
Paul	Nenn Yashimoto nicht immer Tussi
	Sie heisst Yashimoto
	Und sie hat was drauf
	Da können wir bloss staunen
	Sie hat vom Fidering diesen Auftrag
Kloppe	Fidering sagst du
Paul	Klar
	Sie ist die beste Werberin in Hinterkappel
	Sie hat die Werbekampagne
	Für die mausgraue Bescheidenheit
	In Hinterkappel
	Für die Regierung konzipiert
	Und sie hat sogar mit dem
	Ministerpräsidenten höchstpersönlich …
Kloppe	Wart mal

	Wenn deine Tussi …
Paul	Yashimoto
Kloppe	… dem Fidering in seine Eier tritt
	Und auf höllische Zicke macht
	Sagt fertig Schluss
	Sollte es für sie ein Leichtes sein
	Uns ins Spiel zu bringen
	Zu fordern dass
	Die Jungs von Stratte 05
	Zur besten Sendezeit
	Mit einem Glanzspiel
	Über den Bildschirm flimmern müssen
	Weil das Volk uns unbedingt sehen will
	Sonst quittiert sie die Werbekampagne
	Für die mausgraue Bescheidenheit
	In Hinterkappel
	Wenn wir spielen
	Begeisterungsstürme
	Das Volk von Hinterkappel
	Bricht in Begeisterungsstürme aus
	Dämmert nicht mehr mausgrau dahin
	Jubelt
	Über seine Jungs von Stratte 05 …

Meier drückt, nachdem er unruhig zur Türe hin geschielt hat, den Knopf mehrmals hintereinander, so dass eine Plattform nach der andern kurz aufleuchtet. Beim Prunkraum des Bischofspalais bleibt er hängen. Klopfen an eine Türe im Bischofspalais. Schulz tritt mit Bücklingen in den Prunksalon. Hieronymus lässt sich von seiner Rede nicht abhalten. Meier schaut interessiert hin.

| Hieronymus | Ihro Heiligkeit |
| | Werden heute |

	Im Interesse unseres neuen Projektes
	Nicht darauf bestehen dürfen
	Die Beichte abzunehmen und
	Die Messe zu lesen
	Das kühle Lüftchen könnte
	Ihro Heiligkeit Bronchien lädieren
Schulz	O das ist aber schade
	Wo so viele hübsche junge Mädels
	Vor der Kathedrale stehen
	Sehnsüchtig warten
	Und beichten möchten
	Ja ja
	Bei uns ist das Fernsehen
	So katastrophal mies
	Dass selbst unschuldigste Beichtereien
	Spannender sind
Hieronymus	Haben wir ihn um seine Meinung gefragt
	Gehe er auf die Knie vor Ihrer Heiligkeit
	Und nähere er sich ihr
	Mit dem notwendigen Respekt
	Ich werde den Mädels
	Die traurige Botschaft übermitteln müssen
	Dass die heutige Beichte ausfallen muss

Hieronymus verlässt den Raum stolz und hoch erhobenen Hauptes.
Schulz und Gebhartius schauen ihm grimassierend nach.
Gebhartius setzt sich auf ein Möbel und lässt seine Beine baumeln.
Schulz setzt sich neben ihn. Lässt ebenfalls seine Beine baumeln.

Gebhartius	Ach Schuli
Schulz	Ach Gebi
	Was ich noch sagen sollte
Gebhartius	Sag nichts Schuli

Schulz	Ach Gebi
	Entschuldige mein Magen knurrt
Gebhartius	Ich hörte nichts –
	Ach Schuli
	Wie beneide ich dich
	Um dein einfaches Leben
	Glaub bloss nicht
	Es sei der Himmel auf Erden
	In solchem Prunk und in höchster Position
	Nach aussen hin
	In mausgrauer Bescheidenheit
	Hier drinnen
	In reinstem Gold und Glitzer und Glanz
	Als Marionette
	Von machtgierigen Popanzen
	Auf einer Bühne
	Die mit dem wahren Leben
	Nichts mehr zu tun hat
	Hin- und herbewegt zu werden
	Ohnmächtig fremden Mächten ausgeliefert
	Hieronymus und sein Fidering
	Ach es ist zum Kotzen
	Wie hast du es schön
	Mit deinem schlichten Textilhandel
Schulz	Der demnächst bankrottgeht
	Niemand kauft den mausgrauen Plunder
	Wer sich einmal damit eingedeckt hat
	Dem reicht er für den Rest des Lebens
	Und heimlich horten sie
	Die vom Ausland reingeschmuggelten
	Von unserer Regierung
	Hier verbotenen Prunkstoffe
	Die jedes Warenhaus in Hinterkappel

In seiner Schwarzhandel-Abteilung offen
Mit Wissen der Behörden anbietet
Und die einen Bruchteil von dem kosten
Was wir kleinen Händler
Für die hier gewobenen Stoffe
Verlangen müssen
Wegen der hohen Löhne hier
In Hinterkappel –
Mein Magen knurrt

Gebhartius   Weiss du noch
Als wir zusammen
Schöne Mädels jagten
Du hattest es immer schon
Ganz schön dick hinter den Ohren
Hast immer
Die hübschesten Mädels abgekriegt

Schulz   Tempi passati –
Mir knurrt der Magen –
Ja früher
Als ich noch für dich schneidern durfte

Gebhartius   Hieronymus sagt
Bescheidenheit heisst sparen
Dem Volk ein Vorbild sein
Ein abgewetzter mausgrauer Talar
Getragen vom höchsten Würdenträger
Das beeindruckt das Volk den Pöbel
Hieronymus lässt
All den Glitzer und Glimmer
Und die schwer goldenen Tiaren
Mit den Edelsteinen
Die wir ausschliesslich hier drinnen tragen
Von weiss der Kuckuck wo
Aus dem Ausland kommen

Schulz	Was ich noch sagen wollte
	Damals als ich
	Noch für dich schneidern durfte
	Hattest du mir jeweils erlaubt
	Beim Herausgehen
	Einen Umweg durch die Küche wagen
Gebhartius	Hieronymus würde dein Ansinnen
	Mit einem Kreischen quittieren
	Gehen sie gefälligst in die Stadtküche
	Hinterkappel hat eine sehr gute Stadtküche
	Wo arme Seelen
	Für kleinsten Obolus
	Nahrhafte Speisen erhalten

Meier drückt, immer unruhig nach der Türe schielend, den Knopf, bis keine Plattform mehr sichtbar ist. Dann schreibt er gehetzt Text in ein Schreibgerät, überfliegt, was er gelesen hat, immer wieder unruhig zur Türe schielend, um dann seine Position zu wechseln und andere Knöpfe zu drücken, die ein Geratter auslösen mit einem pfeifenden Fluggeräusch. Dann erinnert sich Meier an etwas, das er unterlassen hat. Schnell drückt er mehrmals hintereinander einen Knopf. Alle drei Plattformen sind erleuchtet. In jedem der drei Räume kommt das Geratter oder pfeifende Fluggeräusch an, löst an jedem Ort ein Blinken oder weiss der Kuckuck was aus, so dass alle Protagonisten je in ihrem Raum ein Gerät anstarren lässt, das ein Papier ausspuckt. Hulda, Hieronymus und Kloppe heben je das Papier auf, überfliegen dessen Mitteilung. Meier starrt gebannt hin, bis ihm wieder einfällt, von Zeit zu Zeit angstvoll nach der Türe zu schielen.

Hulda	„Am 37. Mai im Jahre des Herrn
	So jetzt aktuell ist
	Beehren wir Herr von und zu Fidering

Generaldirektor der Fernsehanstalt
Von Hinterkappel
Uns bekannt zu geben
Dass die renommierte Weltfirma McMickey
Aus Grossklotzien
Sich beehrt
In Hinterkappel
Ihre landesweit erste Filiale zu eröffnen
Zu dieser Eröffnung
Wird aus Miesepampel
Eigens Norfall Stürzinger eingeflogen
Um dem Anlass
Einen würdigen Rahmen zu verleihen
Wir Herr von und zu Fidering
Beehren uns zudem
Ihro Generalität
Klock zwölf Uhr zum Festakt
Der live auf Tele Hinterkappel
Übertragen werden wird
Zu erwarten
Uawg"

Hieronymus „Am 37. Mai im Jahre des Herrn
So jetzt aktuell ist
Beehren wir Herr von und zu Fidering
Generaldirektor der Fernsehanstalt
Von Hinterkappel
Uns bekannt zu geben
Dass die renommierte Weltfirma McMickey
Aus Grossklotzien
Sich beehrt
In Hinterkappel
Ihre landesweit erste Filiale zu eröffnen
Zu dieser Eröffnung

Wird aus Miesepampel
Eigens Norfall Stürzinger eingeflogen
Um dem Anlass
Einen würdigen Rahmen zu verleihen
Wir Herr von und zu Fidering
Beehren uns zudem
Ihro Eminenz
Klock zwölf Uhr zum Festakt
Der live auf Tele Hinterkappel
Übertragen werden wird
Zu erwarten
Uawg"

Kloppe „Am siebenunddreissigsten Mai
Im Jahre des Herrn
So jetzt aktuell ist
Beehren wir Herr von und zu Fidering
Generaldirektor der Fernsehanstalt
Von Hinterkappel
Uns bekannt zu geben
Dass die renommierte Weltfirma McMickey
Aus Grossklotzien
Sich beehrt
In Hinterkappel
Ihre landesweit erste Filiale zu eröffnen
Zu dieser Eröffnung
Wird aus Miesepampel
Eigens Norfall Stürzinger eingeflogen
Um dem Anlass
Einen würdigen Rahmen zu verleihen
Wir Herr von und zu Fidering
Beehren uns zudem
Ihro Trainenz
Klock zwölf Uhr zum Festakt

	Der live auf Tele Hinterkappel
	Übertragen werden wird
	Zu erwarten
	Uawg"
Hulda	Leck mich am Arsch
Hieronymus	Leck mich am Arsch
Kloppe	Leck mich am Arsch
Gebhartius	Wie bitte
Paul	Wie bitte
Schösser	Wie bitte
Hulda	Wie es hier geschrieben steht
	Fidering die Flasche ist weich geworden
	Wer werden am Fernsehen kommen
	Wenn alles Volk in die Glotze glotzt
Gebhartius	Da fehlt der Dresscode
	Muss ich in Mausgrau oder darf ich …
Paul	Ich an der Eröffnung
	Einer McMickey Filiale
	Deren grossklotzigen Scheiss fress ich nicht
	Ich prostituiere mich nicht
Kloppe	Ist jedoch eine tolle Gelegenheit
	Deine Hose runterzulassen
	Und mit deinem
	Hübschen Arsch zu wackeln
	Überleg es dir genau
	So viel Volk würde …
Paul	Ich brauche es mir nicht zu überlegen
Gebhartius	Also
	Wenn bloss mausgrau
	Ich weiss nicht
	Macht es keinen Spass
	Nein da mag ich nicht
Schösser	Was fällt dir ein

Mich beim Aquarellieren zu stören
Mich kannst du filmen
Ich gehe nirgends hin
Zudem gibt es
Keinen siebenunddreissigsten Mai

Meier nimmt mit Erstaunen wahr, immer angstvoll nach der Türe
schielend, dass Hulda, Hieronymus und Kloppe sich je an ihrem
Gerät zu schaffen machen, etwas eintippen, dann den Knopf für
senden tippen, worauf ein Geratter oder ein pfeifendes Fluggeräusch
einsetzt und Meier drei Schreiben ernten kann. Er vertieft sich in
die Lektüre.

Schösser	Du antwortest nicht
Hulda	Ich habe geantwortet
	Dass ihro Generalität
	Uns leider entschuldigen müssen
	Da am siebenunddreissigsten Mai
	Klock Zwölf
	Die grösste
	Seit je organisierte Militärparade stattfindet
	An der sogar die Königin vom Nachbarland
	Mit ihrer gesamten Generalität
	Und auch die Regierung von Hinterkappel
	Sich die Ehre geben dabei zu sein
	Und die Mächtigen dieser Welt erwarten
	Dass der Anlass
	Live am Fernsehen übertragen wird
	Wobei wir bereit sind
	Uns an den entstehenden Kosten
	Zu beteiligen
Hieronymus	Dass ihro Eminenz
	Uns leider entschuldigen müssen

	Da am siebenunddreissigsten Mai
	Klock Zwölf
	Der Papst in der Kathedrale Hinterkappel
	Den heiligen Prostraz heiligsprechen wird
	In Anwesenheit
	Der gesamten Regierung Hinterkappels
	Und der Botschafter aller Länder
	Und die Mächtigen dieser Welt erwarten
	Dass der Anlass
	Live am Fernsehen übertragen wird
	Wobei wir bereit sind
	Uns an den entstehenden Kosten
	Zu beteiligen
Gebhartius	Wer ist Prostraz
Hieronymus	Uns wird bis zum Anlass
	Schon noch eine hübsche
	Und überzeugende Geschichte
	Eines Prostraz einfallen
Kloppe	Dass ihro Trainenz
	Uns leider entschuldigen müssen
	Da am siebenunddreissigsten Mai
	Klock Zwölf
	Im Fussballstadion
	Das ultimative Länderspiel
	Zwischen Stratte 05 und den
	Weltbesten Kickern aus dem Nachbarland
	Stattfinden wird
	An dem sogar
	Die Königin des Nachbarlandes
	Mit ihrem gesamten Hofstaat
	Und auch die komplette Regierung
	Von Hinterkappel
	Sich die Ehre geben dabei zu sein

	Und die Mächtigen dieser Welt erwarten
	Dass der Anlass
	Live am Fernsehen übertragen wird
	Wobei wir bereit sind
	Uns an den entstehenden Kosten
	Zu beteiligen
Paul	Ohne mich

Gut hörbare Schritte nähern sich dem Arbeitsraum von Meier. Meier zuckt zusammen, drückt reflexartig Knöpfe und bringt damit die anderen Plattformen zum Verschwinden. Dann setzt er sich brav auf einen Stuhl, um den eintretenden Fidering mit grossen Augen anzustrahlen.

Fidering	Nun Meier
	Was hast du mir Schönes zu berichten
	Hast du die Festung gut gehalten
	Mich nicht enttäuscht
	Es ist mir ein Anliegen
	An junge Menschen weiterzugeben
	Hier sind wir man am Puls der Zeit
	Und können das Volk
	In die richtige Richtung dirigieren
	Ist es nicht herrlich
	Wir sind zwar an der Front
	Und doch nicht an der Front
	Zwischen dem Volk und den Mächtigen
	Und falls es brenzlig wird
	Können wir uns immer
	Hinter dem Medium verschanzen
	Uns damit rausschwatzen
	Dass das Medium Fernsehen
	Seine eigenen Gesetze hat

	Uns hinter
	Der Technik des Mediums verstecken –
	Hahaha du darfst lachen
	Es war ein Scherz gewesen –
	Im Ernst
	Besondere Vorkommnisse
Meier	Neineinein ninininichts Bebebebesonderes
Fidering	Scheiss nicht gleich in die Hose
	Wenn ich dich anschaue
	Auch ich bin nur ein Mensch
	Selbst wenn das Volk
	Und selbst die Mächtigen glauben
	Ich bin ein hohes Tier
	Und vor allem
	Ich bin kein Unmensch
	Habe das Herz am rechten Fleck
Meier	Also es war so
	Nachdem sie
	Herr Fidering weggegangen sind
	War zuerst alles ruhig geblieben
	Ich habe
	Wie sie es mir aufgetragen haben
	Zuerst
	Ihr Frühstücksgeschirr abgewaschen
	Und abgetrocknet und auch wieder
	Zurück in den Schrank gestellt
	Und dann
Fidering	Du brauchst mit deiner Erzählung nicht
	Bei Adam und Eva zu beginnen
	Komm zum Punkt
	Hast du mir etwas mitzuteilen oder nicht
Meier	Das ist genau der Punkt
	Sie Herr Fidering

Sie verstehen es immer so klar
Auf den Punkt zu kommen
Und ich bin so froh
Bei ihnen etwas lernen zu können

Fidering Kluges Bürschchen
Doch nun zum
Rate drei Mal
Genau
Zum Punkt
Lass dich von diesen Apparaten
Die ständig rattern tattern
blinken schnurren
Nicht beirren
Mein Vorgänger
Ein Technikfreak
Hat das Zeugs noch angeschafft gehabt
Der reinste Luxus
Direkt unanständig
Passt ganz und gar nicht
In unsere so hübsche Bescheidenheit
Ich werde das Zeugs
Demnächst entfernen lassen
Genauso wie ich
Diese Aufgeregtheit am Bildschirm
Wo die Mächtigen sich Duelle liefern
Und damit das arme Volk vergelstern
Das dann nicht mehr weiss
Wem es noch glauben soll
Ebenfalls entfernt habe
Endgültig
Das Volk hat klar ein Recht darauf
Vor diesen Schwätzern
Die bloss auf ihre eigne Mühle reden

Vorgeben für das Volk das Beste zu wollen
So ein Lug
Verschont zu werden
Wir handeln für das Volk
Und halten fern von ihm
Was es verunsichern könnte
Jeder Mensch zählt
Es ist nicht richtig
Den Reichen und Mächtigen
Wie dem General dem Bischof
Und dem Fussballtrainer
Plattformen zu bieten
Auf denen sie sich
Nach Lust und Laune inszenieren können
Wir haben einen bestimmten Auftrag
Und den müssen wir erfüllen
Nicht wahr Meier
Du bist doch meiner Meinung
Sag mir ungeniert
Wenn du meinen Ausführungen
Nicht folgen kannst
Es ist mir ein inneres Bedürfnis
Meine Erfahrungen
An junge Menschen weiterzugeben –
Was ist
Ist was

Meier	General Schösser hat in ihrer Abwesenheit angerufen
Fidering	General Schösser?
Meier	Also nicht er selber
	Eine Frau
	Wohl seine Sekretärin
Fidering	Meines Wissens

Hat der Schösser ausschliesslich
Männer in seinem Sekretariat
Könnte wohl
Frau Generalin Schösser gewesen sein

Meier   Grösste je gehabte Militär-Parade im Mai
Mit der Königin von weiss der Kuckuck wo
Und allen wichtigen Leuten
Wünschen live Übertragung am Fernsehen
Wird sich schriftlich demnächst melden
Desgleichen der Bischof Gebhartius
Heiligsprechung von irgendwem
In irgendeiner Kirche in Hinterkappel
Sogar der Papst wird anwesend sein
Wünschen ebenfalls
Live Übertragung am Fernsehen
Werden sich ebenfalls schriftlich melden
Und das ist die Höhe
Stratte 05 hat ebenfalls im Mai
Ein Länderspiel
Mit irgendeinem berühmten Klub
Von irgendwoher
Ebenfalls mit prominentesten Anwesenden
Wünschen ebenfalls
Live Übertragung am Fernsehen
Werden sich ebenfalls schriftlich melden –
Und ich Blödian
Habe mich so gefreut
Dass der General der Bischof
Und der Fussballtrainer
Auf unserem
Entschuldigung Herr Fidering
Auf ihrem Bildschirm erscheinen möchten –
Ich bin ihnen ja so dankbar Herr Fidering

Dass sie mich instruieren
Und mich lehren wie alles sein soll
Ich lechze nach ihrem Wissen
Keine Sorge
Diese Apparate habe ich nicht angerührt
Ich verstehe nichts davon –
Was machen wir nun mit den Anfragen
Des Generals des Bischofs
Und des Fussballtrainers

Fidering Meier was würde ich ohne dich machen
Du bist genial
Nein nein echt genial
Du hast diese drei Anrufe in kluger
Voraussicht
In meiner Abwesenheit angezogen
Und mir damit höchst Schwieriges erspart
Nun bin ich durch dich vorgewarnt
Was noch auf mich zukommen wird
Ich kann mich geistig darauf vorbereiten
Wie ich am Geschicktesten
Meinen Kopf
Aus dieser Schlinge ziehen werde
Nun folgt
Für den unbedarften kleinen Lehrling
Eine Lektion
In Strategie betreffend Machterhalt
Hahaha
Es war ein Scherz
Doch genau so ist es
Merk dir eines
Das Militär die Kirche der Fussball sind
Im Volk und für das Volk
Beliebige Leichtgewichte

Die nichts sind ohne uns
Wenn wir nicht ihre Bilder
Und ihre Geschichten verbreiten
Genau so wie die Regierung
Doch über sie kann
Und will das Volk meckern
Die Regierung ist
Eben keine Glaubenssache
Aber ausschliesslich eine Realität die
Uns gewöhnlichen Durchschnittsbürgern
Immer mal wieder auf die Füsse tritt
Ich in meiner Position als Meinungsbildner
Der dem Volk vorkaut
Was es dann zu verdauen
Oder auszuspucken hat
Bin von der Regierung abhängig
Schliesslich haben wir
Als staatlich unterstützte Anstalt
Einen öffentlichen Auftrag
Für mich also gilt es unter allen Umständen
Mich mit der Regierung gut zu stellen
Mit ihr kann
Und will ich es nicht verderben
Dann kommen die
Beliebigen Leichtgewichte
Und hier beginnt mein eigentlicher Konflikt
Meinem staatlichen Auftrag zufolge
Habe ich dafür zu sorgen
Dass ausgewogen berichtet wird
Bei beliebigen Leichtgewichten
wie dem Militär der Kirche
Oder dem Fussball
Gerät das Gleichgewicht

Schnell mal durcheinander
Dann gibt es im Volk
Immer wieder Gruppen
Denen daran gelegen ist
Das Gleichgewicht zu zerstören
Für Unruhe zu sorgen
Daher mein Prinzip
Lass die Finger von diesen
Beliebigen Leichtgewichten
Lass sie sich nicht
In deine Angelegenheiten einmischen
Und mische du dich nicht in ihre ein
Ich halte es voll und ganz mit der
Regierung
Bin daher ein biederer Langweiler
Nein nein Meier so sehen die Leute mich
Dessen bin ich mir bewusst
Und es stört mich nicht
Nur so kann ich meinen Auftrag so erfüllen
Wie er mir vorschwebt
Und wie mein Verstand es mir sagt
Und so bilde ich die öffentliche Meinung –
Meier sie haben noch Einiges zu lernen
Es ist nicht alles ganz so schlecht
Wie gewisse Hitzköpfe behaupten
Und mit zum Teil fragwürdigen Mitteln
Den Umsturz planen

Meier	Nehmen wir an ich bin Anarchist dann
Fidering	Du und Anarchist dass ich nicht lache
	Du bist ein junger anständiger Mensch
	Dem man gerne hilft den Weg zu finden
Meier	Wie werden sie nun reagieren
	Herr Fidering

	Wenn die beliebigen Leichtgewichte
	Unbedingt Sendezeit fordern
	Und sogar Geld viel Geld sehr viel Geld
	Dafür bieten
Fidering	Zum Glück bin ich unbestechlich
	Für etwas schnöden Mammon
	Setze ich meine komfortable Position nicht aufs Spiel
	Ich muss um alles in der Welt verhindern
	Dass es ihnen gelingt
	Ein Medium das ein Segen ist
	Für ihre Zwecke zu nutzen
	Und zu missbrauchen
	Um gegen das Übel
	Bereits im Ansatz vorgehen
	Verweigere ich
	Diesen beliebigen Leichtgewichten
	Die Plattform die sie sich so sehr wünschen
	Um sich zu inszenieren
	Und das Volk auf ihre Seite zu reissen
Meier	Mama und Papa sagen
	Unser Fernsehen ist scheisslangweilig
	O pardon
	Wenn man das Volk fragen würde
	Was es sehen möchte
Fidering	Wir werfen Perlen vor die Säue
	Dabei bleibt es
	Fertig Schluss
	Wir kennen uns aus in Sachen Perlen
	Können ihren Wert einschätzen
	Basta
	Keine Diskussion
	Zerreisse die Briefe

Der beliebigen Leichtgewichte
Damit ist die Sache für uns erledigt
Das ist ein Befehl
Verstanden
Meier
Du hast dich daran zu gewöhnen
Dass im Leben
Nicht alles nach deinem Köpfchen geht –
Wo bleibt übrigens Yashimoto
Ich brauche dringend eine Strategie
Um den beliebigen Leichtgewichten
Die fordern und fordern und fordern
Den Mund zu stopfen

Meier   Yashimoto ist nicht hier
Nicht gesehen
Fidering   Nicht angerufen
Meier   Nein kein Anruf heute
Ausser dem des Bischofs
Und des Fussballtrainers
Und der Sekretärin des Generals
Fidering Der Frau Generalin Schösser
Meier hören sie nie richtig zu
Meier   Der Frau Generalin Schösser

Zweite Phase

Fernsehstudio am nächsten Tag.

Alle vier Plattformen sind sichtbar.
Im Fernsehstudio ist Meier alleine und telefoniert.
In der Residenz des Generals aquarelliert Schösser und Hulda steht
verbissen nachdenkend wie eine Salzsäule da.
Im Bischofspalais lässt Gebhartius sich von Schulz farbigste Talare
vorführen, während Hieronymus verbissen nachdenkend wie eine
Salzsäule daneben steht.
Im Fussballtrainigscenter packt Paule seine Reisetasche, während
Kloppe verbissen nachdenkend wie eine Salzsäule daneben steht.

Meier	(*am Telefon*) Okay okay ja ja
	Klar
	Habe ich gemacht
	Anonyme Schreiben
	Dem General
	Dass gemäss Gerüchten
	Das Fussballspiel übertragen werde
	Und die Militärparade daher …
	Dem Bischof
	Dass gemäss Gerüchten
	Die Militärparade übertragen werde
	Und die Heiligsprechung daher …
	Dem Fussballtrainer
	Dass gemäss Gerüchten
	Die Heiligsprechung übertragen werde
	Und das Fussballspiel daher …
	Okay
	Dann hast du Yashimoto

Der Frau des Generals
Dem Sekretär des Bischofs
Und Kloppe allen dreien geraten
Das Ganze als
Intrige missgünstiger Dritter
Zu bezeichnen
Von der sie nichts gewusst hätten
Und bis Gras über den Skandal
Gewachsen ist
Zur Erholung vom Schock
Nach Azurpomerigio zu verreisen
Alles klar ja verstanden
Obacht
Fidering im Anzug –
Ja ja

Fidering betritt beschwingt das Studio

Fidering	Guten Morgen
	Ach
Meier	Ja ja
	Ich werde es Herrn Fidering ausrichten
	Gute Erholung
	Erhole dich gut
	Tschüss Yashimoto (*er beendet den Anruf*)
Fidering	(*er sieht Meier fragend an*)
	Nun
Meier	Yashimoto
	Die Ärmste hat ein Burnout
	Reist zur Erholung nach Azurpomerigio
	Der Arzt wird
	Das entsprechende Arztzeugnis
	In den nächsten Tagen schicken

Fidering Wenn man sie am dringendsten benötigt …

Meier Ist es ihre Schuld

Dass der Stress ihr

Ein Burnout beschert –

Herr Fidering gestatten sie mir …

Ich weiss ich bin bloss Lehrling und …

Bloss so eine verrückte Idee

Als Herrscher der Welt

Der sie als Beherrscher der Medien

Nun mal sind

Wäre es da nicht wahnsinnig lustig

Die drei beliebigen Leichtgewichte

Gegeneinander loszulassen

Sie zappeln zu lassen

Und mit ihnen

Ein lustiges Spielchen zu treiben

Fidering Meier du bist noch sehr jung

Hast noch viel lernen

Lässt du diese putzigen Tanzbären tanzen

Drücken sie unversehens

Ihre scharfen Krallen in eine deiner Fersen

Du stolperst und taumelst

Fällst in den Dreck

Sie ziehen deinen Körper zu sich

Und traktieren dich mit schärfsten Krallen

Nein nein nein

Kein weiteres Wort darüber

Auch nicht im Scherz

Hulda Dass so ein kleines Würstchen Fidering

Es wagt uns so frech zu brüskieren

Andere uns Vorzuziehen

Ein Fussballspiel

Anstatt einer Militärparade

Wer glaubt er denn dass er ist –
Dem Volk
Den tumben Toren
Müsste man endlich zeigen
Wie mächtig wir die Armee sind
Wie prächtig wir uns
Mit prächtigsten Mitteln ausgestattet haben
Um es das Volk die tumben Toren
Vor den Feinden zu schützen
Vor diesen bösen bösen Horden
Die nichts weiter wollen
Als uns fertig machen
Uns zu unterwerfen zu versklaven
Wehe wehe Volk ihr tumben Toren
Dann wird Euch das Lachen
Endgültig vergehen
Davor beschützen wir Euch
Volk ihr tumben Toren –
Eine Parade mit Tschingderassassa
Wie die Hinterkappeler sie noch nie sahen
Hübsche Männer mit solchen Muskeln
Die die Beine im Stechschritt schmeissen
In straff sitzenden so geilen Unformen
Und wir Frauen
Ja so ist es halt nun einmal
Werden schwach bei hübschen Uniformen
Und bei Männern
Die am lautesten schiessen und knallen
Wer nicht herbeiströmt
An die Strassenränder
Würde das Ereignis
Am Fernsehapparat verfolgen können
Wenn nicht dieser stupide Fidering –

Wie hätte ich mich gefreut
Mir die passende Garderobe
Mit viel Glitter und Glanz
Auszusuchen und einem Hut
Wie ein Wagenrad
Leicht schräg auf den Kopf gesetzt
Und du mit all den glitzernden Orden
Niemand scheint es wahrhaben zu wollen
Die wahren Helden sind wir
Und wir sind dazu geboren
Unsere Heldenrollen ergreifend zu spielen

Hieronymus   Dass so ein kleines Würstchen Fidering
Es wagt uns so frech zu brüskieren
Andere uns Vorzuziehen
Eine Militärparade
Anstatt einer Heiligsprechung
Wer glaubt er denn dass er ist –
Dem Volk
Den tumben Toren
Müsste man endlich zeigen
Wie mächtig wir die Kirche sind
Wie prächtig wir uns
Mit prächtigsten Mitteln ausgestattet haben
Um es das Volk die tumben Toren
Vor den Teufeln zu schützen
Vor diesen bösen bösen Horden
Die nichts weiter wollen
Als uns verderben
Uns zu verführen
Und zu Sklaven unserer Triebe zu machen
Wehe wehe Volk ihr tumben Toren
Dann wird Euch das Lachen
Endgültig vergehen

Davor beschützen wir Euch
Volk ihr tumben Toren –
Was fällt diesem Fidering ein
Unserem Befehl zuwider zu handeln
Wer glaubt er dass er ist –
Christliche Nächstenliebe fordert
Dass uns
Den wahrlich Guten
Endlich der Ehrenplatz eingeräumt wird
Der uns gebührt
Versorgen wir Hinterkappel mit Seelenheil
Geht es dem Volk in Hinterkappel gut
Bloss ist bisher
Keinem Schwein
In Hinterkappel eingefallen
Uns für unsere Selbstlosigkeit zu danken
Uns zuzujubeln
Weil wir in Wahrheit die Besten sind
Viel besser
Als all die Generäle und Fussball-Heinis
Uns
Uns muss
Ja muss
Das Volk frenetisch feiern
Bei dieser Heiligsprechung
Wo alles was im Himmel und auf Erden
Rang und Namen hat
Dankbar vor uns kniet
Und du Gebi
Auf einem
Eigens für diesen Anlass
Hergestellten Panzer vorfährst
Um den General zu ärgern

Der Panzer mit einem Aufbau
Bestehend aus
Einer Halbkugel aus kugelsicherem Glas
So rund wie ein Fussball
Um auch den Fussballspielern zu zeigen
Welches Rund das richtige Rund ist
Das kugelsichere Glas konvex geschliffen
So dass du
Nach aussen hin riesengross erscheinst
Wie du in Wahrheit niemals bist
Niemand scheint es wahrhaben zu wollen
Die wahren Helden sind wir
Und wir sind dazu geboren
Unsere Heldenrollen ergreifend zu spielen

Gebhartius Ich unter einer Käseglocke
Müschen spinnst du
Bist du von allen guten Geistern verlassen

Hieronymus Nicht in diesem Ton
Vor allem nicht
in Anwesenheit
Von Schafen unserer Gemeinde –
Eminenz geruhen zur Kenntnis zu nehmen
Sich im Tonfall etwas verirrt zu haben

Gebhartius Entschuldige –
Salus tuocum frater Hieronymus
Wir bitten um Segen
Für das Gefährt aus Glas
Doch ob es Gott gefällig sein wird
Wir warten auf ein Zeichen

Hieronymus Warte mal
Siebenunddreissigster Mai
Wir haben
Dieses Datum kopflos abgeschrieben

	Einen siebenunddreissigsten Mai
	Gibt es nicht
	Jemand nimmt uns auf die Schippe
Gebhartius	Wollen wir nicht zuerst einen
	Kirchenbesuch in einem Land machen
	Wo es riesige Kathedralen gibt
	Zum Beispiel in Azurpomerigio –
	Dort gibt's hübsche junge Mädels
	In Hülle und Fülle –
	Schuli bitte hilf mir
	Meine Reisetasche zu füllen
Hieronymus	Gebi
	Bist du total durchgeknallt
Gebhartius	Keine Sorge Müschen
	Wir reisen inkognito
	Als ob wir Touris aus Azurpomerigio sind
	Die nachhause reisen
Kloppe	Dass so ein kleines Würstchen Fidering
	Es wagt uns so frech zu brüskieren
	Andere uns Vorzuziehen
	Eine Heiligsprechung
	Anstatt eines Fussballspiels
	Wer glaubt er dass er ist –
	Dem Volk
	Den tumben Toren
	Müsste man endlich zeigen
	Wie mächtig wir die Fussballer sind
	Die Jungs von Stratte 05
	Sie sind die wahren Helden von Hinterkappel
	Dass dieser Fidering es nicht checkt
	Das Volk ist verrückt nach Fussball
	Hat nichts anderes im Kopf als Fussball

Jeder vernünftige Mensch checkt
Wirf die Jungs von Stratte 05 vor diese Säue
Das Volk
Damit es wohlig grunzt
Sich in seiner Lust suhlt
Und nicht auf die Idee kommt
Zum Beispiel
Einen politischen Umsturz zu planen –
Torhüter Paule
Hock nicht traurig rum
Wie eine Trauerweide
Auf auf
Zeig Hinterkappel was in dir steckt
Und lass dich als Helden feiern
Niemand scheint es wahrhaben zu wollen
Die wahren Helden sind wir
Und wir sind dazu geboren
Unsere Heldenrollen ergreifend zu spielen

Paul Yashimoto ist weg
Auf und davon nach Azurpomerigio
Kloppe Vergiss deine Tussi
Raff dich endlich auf und –
Warte mal
Siebenunddreissigster Mai
Wir haben dieses Datum
Kopflos abgeschrieben
Einen siebenunddreissigsten Mai
Gibt es nicht
Jemand nimmt uns auf die Schippe –
Jetzt uns bloss keine Blösse geben
Am liebsten würde ich
Für eine Weile abtauchen
Bis diese peinliche Schose

	Verdämmert und vergessen ist
Paul	Ich will nach Azurpomerigio
	Dem Land wo die Zwetschgen blühn

Paul beginnt wie wild Zeugs in eine Reisetasche zu stopfen, die er irgendwo ergattert hat.

Meier	Ich hatte einen Traum
	Dass der General der Bischof
	Und Kloppe in unser
	Allerheiligstes eindringen und …
Fidering	Untersteh dich
	Noch einmal
	Einen solchen Mist rauszulassen –
	Ich habe nicht geschrien
	Ich bin die Ruhe in Person
	Ich verliere nie meine Nerven
	Lehrling Meier
	Du bist nicht hier um klugzuscheissen
	Hopp hopp meinen Kaffee aber mit Sahne –
	Du Lehrling Meier sag mal
	Mir sind Papiere untergekommen
	Seltsame Papiere
	Wer sie mir zugespielt haben mag –
	Sag mal
	Dein Vorname
	Ist dein Vorname nicht Sieghelm
	Sieghelm Meier
	Geboren am …
Meier	Ich bin bereits so gross und klug
	Dass ich weiss wann ich geboren bin
	Obschon ich
	Wegen meines kleinen Wuchses

	Jünger scheine als …
Fidering	In Santiago de Chile ist ein Sieghelm Meier
	Mit deinem Jahrgang vor sieben Monaten gestorben
Meier	Ich raufe mir die Haare

Streue Asche auf mein Haupt
Sie weiser weisser Mann
Sind mir auf die Schliche gekommen
Ich bin in Wahrheit Duri Prakatsch
Habe eine Drogenkarriere hinter mir
Ich stamme aus dem Perimambo
Und bin bereits Siebenundzwanzig
Nicht Siebzehn wie ich behaupte
Und mit gefälschten Papieren
Angeblich bewiesen habe
Dank meines kleinen Wuchses
Und meiner Bubenhaftigkeit
Nehmen die Leute mir in der Regel ab
Dass ich noch minderjährig bin
Und die Geschichte
Mit den Eltern
Leider leider leider im fernen Hindukusch
Dass deren Unterschrift
Auf dem Lehrlingsvertrag
Leider fehlen muss ist doch genial
Finden sie nicht Herr Intendant Fidering
Womöglich haben sie
Noch nicht herausgefunden
Dass ich in Wahrheit Anarchist bin
Bomben zu werfen
Und blutige Aufstände anzuzetteln
Ist mir eindeutig zu mühsam
Ich bin eine lustige Person

Ich will etwas inszenieren das amüsiert
Meine Aktivistengruppe hat es
Auf Machthungrige abgesehen
Die sich auf Kosten des Volkes
Selbstsüchtig bedienen
Wo es was zu holen gibt
Wir stellen ihnen Fallen in die sie
Die von
Kontrolliertheit und Strategien Strotzenden
Hineinpurzeln und lustig herumkullern
Damit das Volk etwas zu lachen hat
Und endlich kapiert
Dass es sich von ihnen
Nichts sagen lassen muss
Auf deren Geschwätz pfeifen kann

Fidering   O Gott
Raus raus raus

Meier   Hätte ich ihnen Herr Intendant Fidering
Gleich zu Beginn
Die ganze Wahrheit aufgetischt
Hätten sie mich
Mit Bestimmtheit
Nicht als ihren Lehrling genommen
Dabei bin ich auf die Benutzung
Der Technik
Der modernen Medien angewiesen
Um meine Intrigen geschickt einzufädeln
Von Technik
Verstehe ich etwas
Ganz im Gegensatz zu ihnen
Vielleicht können wir uns
Auf einen Handel einigen
Der für uns Beide Gewinn bringt

Fidering	Raus raus raus
	Ich und den Umsturz unterstützen
	Klar
	Der General der Bischof der Fussballtrainer
	Diese machtbesessenen Kanaillen
	Sind mir ein Gräuel
	Doch kämpfe ich bloss mit fairen Waffen
	Nicht auf diese Art
	Bis du sind sie ganz von Sinnen
	Der Lehrling Meier ist gefeuert
	Er hat aufgehört zu existieren
	Raus raus raus –
	O weh o weh
	Wenn das auffliegt
	Der Fidering hat
	Die Kontrolle über sein Medium verloren
	Das Gelächter der Leute
	Das halte ich nicht aus
	Ich muss für eine Weile verduften
	Schuschi hat ein Häuschen
	In Azurpomerigio
	Dort findet niemand mich

Hulda zögert lange, nimmt dann die Expedition unter die Füsse, über die Strickleiter zu Schöller rüber zu kraxeln. Sie reisst all ihren Mut zusammen und beginnt zu kraxeln. Das Unternehmen gelingt wider ihr Erwarten gut. Sie landet strahlend im Annex.

Hulda	Blamage total
	Wir sind auf eine fette Ente reingefallen
	Sind über das Falsche
	Der Neuigkeit gestolpert
	Weil wir selber blöd waren

Können wir uns unmöglich
Als Opfer inszenieren
Sobald die Intrige bekannt wird
Lachen alle über uns
Die Mächtigen unsere Gegner
Und - am schlimmsten – das ganze Volk
Gelächter ist tödlicher als Bomben
Eine Bombe die uns knapp verfehlt
Macht uns zum ach so armen Opfer
Mit dem männiglich Mitleid hat
Eine Bombe die uns beseitigt
Macht uns zu Märtyrern
Doch ein Scherz
Ein Scherz auf unsere Kosten –
Wir müssen untertauchen
Bis Gras über die Affäre gewachsen ist
Yashimoto hat mich exklusiv beraten
Und rät uns
In Azurpomerigio unterzutauchen
In Verkleidung
Hübscher Verkleidung inkognito verreisen
Dass niemand uns erkennt
Danach sind wir wieder da
Tun als ob nie etwas gewesen ist
Treten so sicher und überheblich auf
Dass niemand es wagen kann
Uns an das zu erinnern
Woran wir nicht erinnert werden wollen
Und schon sind wir zurück
In unserer alten Position
Gestärkt durch die Brandung
Die unseren Fels umwütet hat –
Helmi ein Dutzend Unterhosen reichen

	Wir geben sie regelmässig zur Wäsche –
	Helmbert
	Helmi Helmi
	General Schösser
General	Rühren –
	Ach du bist es
	Wie bloss
	Hast du es geschafft hier rüberzukommen
	Was ist
Hulda	Du hörst mir nie zu
General	Intuition
	Ich ahne im Voraus was du mir sagen willst
	Wozu sich die Mühe nehmen
	Dann zusätzlich noch zuzuhören
	Und kostbare Zeit zu verschwenden –
	So und jetzt lass mich
	In Ruhe weiter aquarellieren
	Ein wichtiges Werk ist im Entstehen
Hulda	Wir gehen deinen
	Lieben lieben Freund Wilbur Smith
	In Azurpomerigio besuchen
General	Wilbur Smith und mein Freund
	Dass ich nicht lache
	Er ist nicht mein Freund
	Ich mag Paraden
	Er mag Gemetzel
	Brrrrrrr
Hulda	Wilbur Smith ist General eines Landes
	Das bedeutender ist als Hinterkappel
	Du hast ihn gefälligst
	Als Freund zu bezeichnen
	Und ihn zumindest
	Zum Schein zu bewundern

General	Brrrrr
Hulda	Sturer Bock
	Ich packe dich an deinem Nacken
	Und schleppe dich
	Zu deinem Freund Wilbur Smith
General	Alles was du möchtest
	Liebstes Huldchen mein
	Bloss nicht wieder schlagen
	Ich vertrage es so schlecht
Hulda	Mir sagst du
	Du aquarellierst hübsche Landschaften –
	Nichts als nackte Männer
	Splitterfasernakt
General	In Acryl
Hulda	Du Sau
General	In griechischer Manier
Hulda	Und der da hat sogar einen Ständer
	Und was macht er damit –
	Eine Tragödie
	O weh mir armem Weib
	Verraten und gebeutelt vom Schicksal –
	Ich wäre
	Eine so fantastische Tragödin geworden
	Ich kann heulen jammern
	Schreien dass Gotterbarm
	Anstatt auf der Bühne
	Grösste Karriere zu machen
	Bin ich auf dich Schwulinski reingefallen
	Du Unmensch lässt mich
	Am heimischen Herd verdorren
	Und spielst nach aussen hin
	Den wilden Kerl
General	Doch das sehr gut

	Nicht wahr
Hulda	Sogar ich bin dir auf den Leim gegangen
General	So süss
Hulda	Untersteh dich mich anzurühren
General	Nicht mal ein Küsschen
	Ganz in Ehren
Hulda	Und ich dumme Kuh
	Werde wieder schwach –
	Versprich mir
	Zuerst reisen wir nach Azurpomerigio
	Zu Wilbur Smith deinem Freund
	Danach kündigen wir unsere Scheidung an
	Veranstalten die wüsteste Schlammschlacht
	Kämpfen mit härtesten Bandagen
	Um das Sorgerecht
	Für unsere Kleinen
General	Und sobald das Interesse der Medien
	An unserer Homestory verebbt
	Versöhnen wir uns wieder
Hulda	Ach Helmi
General	Böses böses liebstes Huldchen-Schätzchen
	Dass du Schisshase es wagst
	Über meine Strickleiter zu kraxeln
	Die ich installiert habe
	Um meine absolute Ruhe zu haben
	Hätte ich mir nie träumen lassen
	Ohne runterzustürzen
	Ohne zu kreischen

Dritte Phase

Dritte Phase eins

Bahnhof Hinterkappel

Auf der einen Seite ist ein Fahrscheinautomat, auf der anderen Seite das Geleise, wo der Zug nach Azurpomerigio abfahren wird. In der Mitte die Bahnhofstoiletten, wobei die Herren-Pissoirs am nächsten sind und Männer, die pissen, - sichtbarer Kopf – in Richtung Zuschauerraum schauen.

Meier versucht mit seinem Mobile jemanden zu erreichen, ärgert sich, dass es nicht klappt, versucht unentwegt, die Verbindung herzustellen.

Meier	Sag mal was fällt dir ein –
	BAK paff paff tirilü öktschuwölufu
	Ach leckt's mir
	Fidering ist mir auf die Schliche gekommen
	Ich fliege hoch
	Haue ab
	Idiot
	Auf die Verschlüsselung pfeife ich
	Darauf kommt es jetzt nicht mehr an
	Ich melde mich wieder
	Den Vieruhrdreizehn nach Azurpomerigio
	Im Quinoniavoranonfalamore
	Hohlkopf
	Paff paff Schluss

Nacheinander tauchen Hulda und der General (maskiert als Masken von Venedig), Hieronymus und Gebhartius (als Eisbären),

Kloppe und Paul in Masken à la Dick und Doof auf. Alle lösen nacheinander Fahrkarten am Automaten, tun sich aber verdammt schwer mit dem Kleingeld. Aus dem Lautsprecher erklingt ein Wienerwalzer, von Zeit zu Zeit unterbrochen von der Durchsage „Der Azurpomerigiowalzer walzert in fünf Minuten ein". Meier versteckt sich hinter einer Säule und beobachtet die auffälligen Gestalten, die sich am Fahrkartenautomaten zu schaffen machen.

Maske	Wie gewöhnlich ist es
	Eine Reise zu unternehmen
Maske	Sterbenslangweilig auch für mich
Maske	So langweilig wie diese Reise für mich ist
	Können sie sich nicht vorstellen
Maske	Das Reisen ach
Meier	Weshalb reisen sie dann
Maske	Ha um vom Reisestaub
	Gebleicht zu werden
Maske	Um zu gefallen
Maske	Hier bin ich prominent
	Die Sau ablassen kann ich bloss noch dort
	Wo niemand mich kennt
	So hoffe ich
Maske	Nicht drängeln
Maske	Ich drängle nicht
	Ich will bloss eine Fahrkarte
Maske	Wie die gewöhnlichen Leute
	Mit diesem Kleingeld
	Zurechtkommen ist mir ein Rätsel

Eine Maske niesst. Alle sagen „Gesundheit". Meier geht auf die Gruppe zu.

Meier	Cleopatra vom Nil

Lukrezia Borgia
Papst Innozenz der Siebente
Paul der Sechste
Ludwig der Zweite
Max Schmeling
Elisabeth Flickenschild
Konrad Adenauer
Emil Bührle
Johann Caspar Lavater
Madame de Meuron
Ueli Haudenschild
Le Corbusier
Nein Le Corbusier nicht
Seinen Namen
Wollen wir nicht runterleiern –
Ich habe ein Hobby
Ich bin ein Autogrammjäger
Promis sind meine Leidenschaft
Und die Autogramme
Sie
Da würden sie staunen
Was man dafür lösen kann
Insbesondere wenn es
Um Kopf-ab gegangen ist
Ich meine die Promis
Die unter die Guillotine gekommen sind
Dann steigt der Wert ins Unermessliche

Gebhartius	Mein geliebtes Schaf
Hieronymus	Wunibald du bist hier nicht
	Auf dem Feld am Grasen
General	Wer sagt hier was vom Felde
Hulda	Du Dussel
	Wir wissen nicht

	Was man unter einem Felde verstehen soll
Paul	Kann mir jemand Kleingeld geben
	Ach da steht ja Herausgeld
	Okay okay ich versuche es
	Mit einem Geldschein
Meier	Sind sie berühmt
	Wenn sie berühmt sind
	Es wäre so super-mega-geil-pfropfig
	Dann könnten sie mir
	Ihr Autogramm geben
	Und ich würde
	Einen Freudentanz aufführen zum Dank
Hulda	Ein hübsches Kerlchen
	Etwas klein geraten doch echt niedlich
Hieronymus	Ach die Weiber
	Dürfen schamlos junge Männer anmachen
	Wenn es diesem jungen Wilden
	Zuwider sein sollte
	Immer von Weibern angemacht zu werden
	Dann wird er bestimmt
	Auf uns Männer losgehen
	Und uns
	Für das schamlose Verhalten der Weiber
	Zu Hackfleisch machen –
	Ach von einem
	Solchen Prachtkerl verklopft zu werden
Hulda	Wie er daherredet
	Muss ein noch viel
	Viel gewöhnlicher Tourist sein
	Als wir gewöhnliche Touristen sind
Hieronymus	Ach jetzt spielt
	Diese Zippe sich schon wieder auf
	Will gewöhnlicher als gewöhnlich sein

	Also im Sinn von besser
	Eine Steigerung Erhöhung von gewöhnlich
	Die Ober-Gewöhnliche
Hulda	Hilfe dieser Eisbär
	Will mich Unschuld vom Lande fressen
	Du böser du
Paul	Kloppe
Kloppe	Pssssst niemand darf ahnen wer wir sind
Paul	Falls ich niemand mehr sein darf
	Spiele ich nicht mehr mit
	Weil ich dann nichts mehr wert bin
	Ich bin und bleibe Torhüter Paul –
	Verwirrend diese vielen Knöpfe hier
	Da soll einer noch schlau werden
	Welchen soll ich drücken
	Ich will nicht wieder zurück
	Nach Hinterkappel
	Will in Azurpomerigio bleiben
	Welcher Knopf
General	Hier diesen
Paul	Er ist mir verdächtig
	Er will mich bestimmt legen
	Seine Fratze hui widerlich
Meier	Jetzt wo sie mich
	Ausreichend betatscht haben
	Dürften sie mir wirklich
	Ein Autogramm geben
	Damit ich nicht mit
	Ganz leeren Händen nachhause komme
	Und wenn sie kein Promi sind
	Behaupte ich einfach sie sind einer
	Und wenn es jemand nicht glauben will
	Dann lache ich ihn schallend aus

	Was du kennst sie
	Diese sooooo prominente Dame nicht
Hulda	Ein kleiner Schlingel sie
General	Falle nicht auf billige Stricher rein
	Sie sind schamlos und
	Haben es bloss auf dein Geld abgesehen
Hulda	Sprichst du aus Erfahrung
Gebhartius	Ich muss mal (*ab ins Pissoir*)
Paul	So eine Gemeinheit
	Ich will eine Fahrkarte nach Azurpomerigio
	Und was bekomme ich
	Eine Fahrkarte nach Waschlokowatsch
	Als ob Azurpomerigio
	Und Waschlokowatsch austauschbar sind
	(*ab ins Pissoir*)
Hulda	Halt wohin willst du
Schösser	Ich muss ganz dringend
Hulda	Ein General der muss lächerlich
	Ach verschwinde halt
	O weh vor aller Augen
Schösser	Die Natur ruft *ab ins Pissoir*

Die Köpfe der verschwundenen Figuren tauchen nebeneinander hinter der Pissoir-Mauer auf.

Paul	Was fällt dir ein
	Meinen Schwanz anzustarren
	Wenn jemand zuguckt kann ich nicht –
	Kloppe
	Der General starrt meinen Schwanz an
Hulda	Was für ein General
	Ist hier ein General
	Wir sind ganz gewöhnliche Touristen

Hieronymus	Ein General
	Hier im Bahnhof
	Lächerlich
Kloppe	Kloppe
	Heisst hier jemand Kloppe
	Ich nicht
	Ich trage einen Namen
	Wie Touristen ihn eben tragen
	Die nach Hinterkappel
	In den Urlaub fahren
Paul	Die Sau –
	Kloppe
	Jetzt schifft der Bischof mir ans Bein –
	Schauen sie gefälligst dorthin
	Und richten sie ihren Strahl dorthin
Gebhartius	Für wen halten sie Unflat mich
	Ich und Männerschwänzen nachschauen
	Ich liebe Mädels
	Doch junge Mädels und ihre Muschis
Hieronymus	(*von einem künstlichen Hustenanfall geschüttelt*) Ich meine
	Wenn alle Touristen
	Hinterkappel verlassen
	Wird es gemütlich hier
	Ich bleibe hier
Hulda	Dann bleiben auch wir hier
Kloppe	Und die Fahrkarten
	Die wir bereits gelöst haben
	Kann man sie zurück
	In den Automaten stopfen
Meier	Machen wir uns nichts vor
	Gemeinsam sind wir stark
	Mit der Tatsache

Dass sie mir standhaft
Autogramme verweigert haben
Haben sie bewiesen
Verehrte Generalität
Verehrte Eminenz
Verehrte Trainenz
Dass sie Charakter haben
Fidering frisst mir aus der Hand
Am siebenten Mai klock zwölf Uhr
Der siebenunddreissigste Mai
War ein bedauerlicher Verschrieb gewesen
Selbstverständlich war immer
Und von allen
Der siebente Mai gemeint
Am siebenten Mai also um klock zwölf Uhr
Intendant Fidering möchte
Bereits lange gerne
Eine grosse Show live
Auf seinem Sender übertragen
Doch die Mächtigen von Hinterkappel
Scheissen vor einander in die Hose
Und rennen lieber davon
Als dass sie gemeinsam auftreten würden
Dabei kann
Bei einem gemeinsamen Auftritt
Jeder vom andern profitieren
Selbst dem Stärksten
Vermehrt es seine Stärke

Aus der Ferne naht Fidering. Bevor er die Gruppe entdeckt, werden sie auf ihn aufmerksam. Ohne dass es jemandem auffällt, verschwindet Meier. Alle demaskieren sich gleichzeitig und stürzen auf den verblüfften Fidering ein. Während der folgenden Szene fährt der Azurpomerigio-Walzer nach Ansage ein und fährt dann auch wieder ab.

Fidering	Ist der Zug
	Nach Azurpomerigio bereits weg
	Noch nicht einmal eingefahren
	Welch ein Glück
Hulda	Wir machen mit
Hieronymus	Wir machen mit
Kloppe	Wir machen mit
Fidering	Wir machen mit
	Was soll das heissen
Hulda	Die gemeinsame
	Mammutschau im Fernsehen
	Am siebenten Mai um klock zwölf Uhr –
	Was trödelst Du do lange herum Helmbert
	Komm endlich raus von dort
	Wer müssen weiter
	Vorbereitungen treffen für die grosse Schau
	In der wir brillieren sollen müssen wollen
Hieronymus	Gebi Gebi komm
	Wir wollen brillieren an der Schau
	Die andern ausstechen
	Wir sollen müssen wollen brillieren
Kloppe	Zum Verzweifeln
	Torhüter Paul hat
	Einen Pissstrahl wie ein Pferd
	Und wenn es einmal fliesst
	Dann dauert es ewig –
	Komm schon Paul
	Wir müssen uns sputen
	Die Jungs von Stratte 05
	müssen sollen wollen

Alle aber auch ganz alle ausstechen

Alle finden sich und ziehen in verschiedene Richtungen, ausser Fidering, der ratlos stehen bleibt, feststellt, dass der Zug weg ist. Mit den Schultern zuckt und ab durch die Mitte davontrottet.

Dritte Phase zwei

Fernsehstudio

Fidering hantiert ratlos an den Geräten herum, nichts tut sich. Es klopft an die Türe. Schüchtern streckt Meier seinen Kopf rein.

Meier	Darf ich
	Ich habe bloss mein Datatapum vergessen
Fidering	Ihr was
Meier	Datatapum
	Ist nicht hier
	Ich muss mich geirrt haben
	Ist nicht hier
Fidering	Was ist ein Datatapum
Meier	Eben ein Datatapum
	Sonst würde man es ja nicht so nennen
	Ein Datatapum ist ein Datatapum
Fidering	Verstehe
Meier	Nichts für ungut
	Ich will nicht länger stören
Fidering	Halt Bürschchen
	Eine Frage noch
	Was zum Teufel hast du mir
	Da eingebrockt
	Und wie zum Teufel

	Wirft man diese Dinger an
	Dass sie fröhlich
	Rattern blinken schnurren piepsen
Meier	Das ist ganz einfach
	Dieser Knopf hier
	Und dann
	Ach ja
	Am siebenten Mai klock zwölf Uhr
	Geht am Fernsehen eine Mammutschau
	Wie sie Hinterkappel noch nie gesehen hat
	Und das gesamte Volk und alle Mächtigen
	Sie frenetisch bejubeln werden –
	Schauen sie nicht so misstrauisch
	Herr Intendant Fidering
	Es ist ganz einfach
	Der General der Bischof
	Und der Trainer von Stratte 05
	Sind übereingekommen
Fidering	Das soll ich glauben
	Wo ist die Falle
	Die alles durcheinander wirbelt
	Und das Höllengelächter auslöst

Fidering fixiert Meier fragend. Dieser schweigt eine Weile, dann bricht er in fröhliches Gelächter aus.

Dritte Phase drei

Glace-Verkaufsstand in Hinterkappel

Über dem Stand ein Schild „Legalize Himbeereis". Hulda und Schösser kommen daher.

General	Hulda jetzt hängt es mir endgültig aus
	Ohne Uniform bin ich niemand
	Bin ich General geworden
	Um unter deiner Fuchtel zu krepieren
	Du nimmst mich nie ernst
	Wie oft habe ich dir gesagt
	Wie sehr ich Himbeereis liebe
	Doch dir ist absolut schnuppe
	Was ich begehre
Hulda	An deiner Stelle
	Würde ich gefälligst den Mund halten
	Und zwar rasch –
	Ganze Armeen von nackten Männern
	Hat man da noch Worte
	Deine Phantasie mein Lieber ist pervers
General	Himbeereis mag ich dennoch –
	Verflixt Hulda gib mir Geld
	Hulda ein Himbeereis kostet nicht alle Welt
	Hulda so grausam kannst du nicht sein
	Ich stehe vor der Erfüllung
	Meines sehnlichsten Wunsches
	Und du verweigerst mir
	Das wenige Blingbling-Klimpklimp
	Das mir erlaubt das Paradies zu kaufen –
	Hey Bedienung –
	Da ist keine Bedienung
	Lotterbetrieb
	Das gewöhnliche Volk
	Hat alles Pflichtgefühl abgestreift
	Ätsch Hulda
	Ich bediene mich selber
	Schliesslich kennt niemand mich
	Und ich kann tun und lassen
	Was mir Spass macht

Ein Himbeereis so hoch auftürmen
Wie ich Lust habe
Und benötige erst noch
Kein Blingbling-Klimpklimp von dir

Während der General sich bedient und Hulda herumsteht, als ob sie den General nicht kennt, nähert sich Gebhartius mit Hieronymus im Schlepptau. Bevor Hieronymus eingreifen kann, sind Gebhartius und der General in Geschäftsverhandlungen. Der General türmt eine Waffel voll mit Himbeereis und reicht das Gebilde Gebhartius.

Gebhartius	Ein Eis bitte ein köstliches Erdbeereis
General	Himbeereis
Gebhartius	Erdbeereis
General	Himbeereis
Gebhartius	Erdbeereis

In der Hitze der dialogischen Auseinandersetzung landet ein Eis auf der Heldenbrust von einem der Protagonisten, ob absichtlich oder aus der Verquickung unglücklicher Umstände, bleibe dahingestellt, worauf der andere Protagonist wutentbrannt sein Eis dem andern auf die Brust drückt, woraus ein kindliches, gegenseitiges sich Beschmutzen entsteht, eine lustvolle von Wut getriebene Himbeereis-Schmeisserei. Hulda und Hieronymus werden auf das Geschehen aufmerksam, zerren die Streithähne auseinander und dampfen je in eine Richtung ab.

Dritte Phase vier

Peep-Show in Hinterkappel

Viele Kabinentüren, links und rechts Geldwechselautomaten, keine Bedienung. Hulda nähert sich zögernd, mit einer Box Kleenex in

der Hand, schaut neugierig um sich, winkt dann Schösser herbei,
der von der Himbeereis-Schlacht gezeichnet ist.

Hulda	Die Luft ist rein
	Komm Helmi ach mein Helmi
	Geh da in dieses niedliche Kabinchen rein
	Und säubere dich
	Hier
	So schmutzig darf man sich in der Stadt
	Mit dir nicht zeigen
	Was denken die Leute von uns
	Wenn sie dich so sehen
	Husch husch da rein –
	Trödel nicht rum
	Ich will nicht ewig hier warten
Schösser	Jetons
	Man benötigt einen Jeton
	Ohne Jetons
	Darf man die Kabinen nicht betreten
Hulda	Sieht ja niemand
Schösser	Ohne Jeton
	Geh ich nicht in die Kabine rein nein
Hulda	Jetons braucht man bloss
	Damit die Klappe vorne aufgeht
	Und du die nackten Weiber siehst
	Um dich zu säubern
	Kannst du die Kabine
	Locker ohne Jeton benutzen –
	Du willst nackte Weiber beim Ficken sehn
	Dann muss ich
	Nicht alle Hoffnungen begraben
	Du begeilst dich an nackten Weibern
	Los los Helmi Helmi

Geh bloss und schau dir nackte Weiber an
Ganz ganz viele
Nein nein Helmi
Wenn du nun auch noch
Auf nackte Weiber stehst
Und mich mich Ärmste so …

Hulda besorgt sich am Automaten Jetons, stösst Schösser in eine
Kabine rein und schmeisst ihm die Schachtel Kleenex nach. Leute
nähern sich. Hulda drückt sich an die Wand und verhüllt ihr
Gesicht mit einem Tüllshawl. Gebhartius, von der Himbeereis-
Schlacht arg gezeichnet, und Hieronymus erscheinen auf der
Bildfläche.

Gebhartius   Spiel er nicht den ungläubigen Thomas
Glaub er mir es ist eine Kapelle
Eine Art von Kapelle
Die Zeiten ändern sich
Sollen wir uns
Diesen Veränderungen verweigern
Heutige Kapellen eben
Es ist mir ein Bedürfnis
Hier ein kurzes Gebet zu sprechen
Meine arg verschmutzte Brust
Dabei zu säubern
Mich zu entlasten –
Dazu benötigt man – sagt man mir –
Diese Jetons
Besorge er mir solche Jetons
Dort ist der Automat
Wirft genügend rein
Dann kommt ausreichend raus –
Und jetzt warte er hier
Das Allerheiligste
Ist bloss für die grössten Sünder

	Und meine Wenigkeit geruhen
	Der grösste Sünder zu sein –
	Ach hübsche Unbekannte
	Möchte sie mir
	Beim Beten Gesellschaft leisten
	In dieser niedlichen Betkabine drin
Hieronymus	Ein Sündenpfuhl
Gebhartius	In Sachen Sünden bin ich
	– der Herr sei gepriesen –
	Die höchste Instanz
Hieronymus	Falls jemand ihro Heiligkeit erkennen sollte
Gebhartius	Wo soll ich wirken
	Wenn nicht da wo die Sünde wohnt
	Ha da nähert sich jemand

Gebhartius verschwindet flugs in einer Kabine. Trainer Kloppe kommt. Hieronymus sieht geniert zur Seite und hüstelt von Zeit zu Zeit verlegen. Hulda verfolgt neugierig angespannt das Geschehen.

Kloppe	Ist Torhüter Paul hier –
	Paul Paul Paul –
	Haben sie ihn zufällig reingehen sehen
	Tun sie nicht so
	Jeder in Hinterkappel kennt
	Torhüter Paul –
	Paul Paul Paul
Paul	*(aus dem Off, das heisst, aus einer Kabine)*
	Lass mich in Frieden
Kloppe	Schon gut schon gut
	Ich laufe mir die Füsse wund
	Um meinen Star zu finden
	Ich bin überglücklich dich geortet zu haben
	Bloss ein Wort
	Ich verschwinde rasch
	Hole die Presse

	Um dich hier
	An diesem verruchten Ort abzulichten
	Torhüter Paule in der Peep-Show
	Ist ein Knüller
	Da stürzen die Leute sich drauf
Paul	(*aus dem Off*) Ich bin splitterfasernackt
Hulda	Splitterfasernackt
Kloppe	Splitterfasernackt umso besser
Paul	Ich sitze nackt hier rum
	Weil dieses Arsch von Bischof
	Mich angepisst hat
	Und ich warten muss
	Bis meine Kleider trocken sind
Gebhartius	(*aus seiner Kabine stürzend*) Unerhört
	Was erlaubt sich dieses Schaf
	So über mich zu reden
Hieronymus	Schschsch Ihro Heiligkeit
	Es ist einer von denen
	Mit denen wir eine Sache laufen haben
	Also friedlich bitte friedlich
	Nichts verderben
Hulda	Richtig Herr bischöflicher Generalsekretär
	Ist es nicht ein niedlicher Zufall
	Dass wir uns heute
	Zum zweiten Mal bereits
	Über den Weg laufen
	Ein Wink von oben dass wir …
Gebhartius	Dominus vobiscum
Hulda	… auf dem goldrichtigen Weg sind
	Wenn wir uns nicht länger bekämpfen
	Aber zusammenspannen
	Wobei sie sich
	Herr bischöflicher Generalsekretär
	Damit abfinden müssen
	Dass der General

	Beim Volk in höchster Gunst stehen
	Höher als alle andern
	Dabei sind wir so bescheiden
Hieronymus	Wir werden sehen wir werden sehen
	Machen sie
	Verehrteste gnädige Frau Generalin
	Sich keine Sorgen
Hulda	Helmi Helmi komm sofort raus
	Wir gehen
	Es gibt so Vieles zu erledigen
	Damit die Mammutschau gelingen wird
Schösser	Köstlich köstlich
	Von den Männer die die Weiber ficken
	Sieht man die prallen Ärsche
	Und stell dir vor was ich da gesehen habe
	Ein nackter Männerprachtsarsch so prall
	Und als ein Moment
	Sein Gesicht sichtbar ist
	Der Fickhengst ist
	Der Gefreite Treschmann –
	Oh
Gebhartius	Ihro Generalität sprechen mir aus der Seele
	Kommt man her
	Um hübsche Muschis zu sehen
	Und was bekommt man vorgesetzt
	Auf und ab zuckende
	Widerliche Männerärsche
	Und kaum etwas von den hübschen Mädels
	Ich will mein Geld zurück –
	Oh
Hulda	Köstlich köstlich Helmi wir gehen –
	Meine Herren wir sehen uns

Vierte Phase

Leerer Raum

Im leeren Raum Fidering und Meier, jeder für sich, und Hulda mit Schösser für sich, genau so wie Hieronymus und Gebhartius und Kloppe und Paul. Meier wirft Hulda und Hieronymus je eine hübsche Dose Pralinen zu.

Gebhartius	Ui lass mich sehen
	Ob auch dunkle Pralinen dabei sind
	Sie mag ich sehr
Hulda	Hände weg

Hulda, Schösser, Hieronymus und Gebhartius kämpfen um die Dosen mit Pralinen, bis die Dosen geöffnet sind und jedes so viele Pralinen ins sich reinstopft wie möglich und dem andern triumphierende Grimassen schneidet. Bloss Kloppe kann sich ganz in Ruhe um seine Pralinen Dose kümmern, weil Paul für solche Dinge bloss einen verächtlichen Blick übrig hat.

Meier	Das Leben eines eingefleischten
	Anarchisten ist hart
	Man setzt sein Leben ein
	Um dem schwächsten
	Doch grössten Teil der Menschheit
	Das Leben lebenswert zu machen
	Und den Menschen
	Auch und gerade den Schwächsten
	Ihre Würde zurückzugeben
	Wirft keine Bomben nein

	Versucht sich in subversiven Praktiken
	Indem man
	Das Treiben der Feinde unterwandert
	Und sie mit ihren eigenen Mitteln schlägt
	Und was erntet man dafür als Dank
	Nichts als Ironie Scherz Satire
	Und die bittere Bedeutung
	Dass alle Müh für die Katze ist
Hulda	Sag schon was
	Wir haben es geübt
	Hast du Dussel
	Schon wieder alles vergessen –
	Meine …
Schösser	Meine Bomber
Hulda	Endlich
	Mit etwas mehr Enthusiasmus
Schösser	Meine Bomber überfliegen das Festgelände
	Werfen Bomben ab
	Die sich in Konfetti-Regen auflösen
Kloppe	Jetzt bist du dran
Paul	Pfuuuu
Kloppe	Und aus dem Konfetti-Regen heraus
	Rennen die Jungs von Stratte o5
	Und ein Gerangel um den Ball beginnt
	Doch unser Paule hält jedes Tor
Paul	Ich habe die Nase voll
Kloppe	Schschschsch
	Klappe
Paul	Ich hau nun wirklich ab
	Nach Azurpomerigio
	Zu Yashimoto
	Ich halte es nicht mehr aus ohne sie

	Sie ist so fein so so … (*rennt lachend auf und davon*)
Hieronymus	Ihro Heiligkeit der Bischof
	Springt mit Fallschirm
	Von der Siegessäule runter
	Landet mitten auf dem Spielfeld
	Schnappt sich den Ball
	Und kickt ihn mitten ins grölende Volk
Gebhartius	Nein nein halt halt –
	Zuerst schwirrt Ihro Heiligkeit der Bischof
	Auf einem Cruise Missile
	Der verehrtesten Generalität
	Durch die Lüfte
	Um auf der Siegessäule
	Seine Hirtenrede zu verlesen
	Während die Schafe ganz aufgeregt
	Und ausser sich vor Freude blöcken
	Und wildeste Sprünge machen –
	Habeamus gaudium –
	Wetten unser Einsatz hilft uns
	Wieder Leute in die Kirche zu locken
Fidering	Hilfe Hilfe
	Mir wächst das Ganze über den Kopf
	Ich weiss nicht mehr wo mir der Kopf steht
	Alle wollen was von mir
	Löchern mich und wollen Details erfahren
	Über den Event
	Der alles bisher Gekannte übertrifft
	Und ich ich ich …

Fidering greift zur Wodka-Flasche und besäuft sich sinnlos, während Meier müde und total erledigt abwinkt und das Feld räumt und Hulda, Schösser, Hieronymus und Gebhartius mit dem

Gerangel um die Pralinen plötzlich aufhören, wie vom Blitz getroffen zu Salzsäulen erstarren, sich dann an die Bäuche greifen mit schmerzverzerrten Mienen, sich im Schmerz winden und durch die Mitte davonrennen.

Hulda	Ach Scheisse Scheisse Scheisse
Schösser	Ach Scheisse Scheisse Scheisse
Hieronymus	Ach Scheisse Scheisse Scheisse
Gebhartius	Ach Scheisse Scheisse Scheisse

Verwandlung: Strand mit Palmen auf Western Samoa
Meier in Badehose in einem Liegestuhl, einen Drink in der Hand. Er zieht seine Sonnenbrille am Mittelbügel auf die Nasenspitze runter und schielt über die Brillengläser hinweg ins Publikum.

Meier	Ich bin ja nicht blöd
	Wie
	Lehrling Meier alias alias alias
	Wer ich in Wahrheit bin tut nichts zu Sache
	Klar ich bin den Leuten
	Auf den Nasen rumgetanzt
	Doch sie haben
	Ihre Nasen stolz hingehalten
	Und wer wollte
	Ein Tänzchen da verweigern
	Wie das Ganze ausgegangen ist
	Interessiert mich nicht
	Ich will nichts als meine Ruhe haben
	Prost
	Dieser Pastis schmeckt herrlich
	So erfrischend

Schulz taucht am Rand der Szene auf, richtet ein
Fernbedienungsgerät auf das schöne Bild und zuckt grinsend mit
den Schultern, als das paradiesische Bild plötzlich weg ist.

Schulz   So ein Mist
                  Wir wissen überhaupt nicht
                  Wie es ausgegangen ist
                  Ist der als einzigartig angepriesene
                  Mammutevent der verschworenen Riege
                  Der sich schamlos
                  Bedienenden Mächtigsten dieser Welt
                  Im Durchfall durchgefallen
                  Hat das Volk endlich gemerkt
                  Dass die grauen Eminenzen
                  Des öffentlichen Lebens
                  Bloss ihren eigenen Gewinn anpeilen
                  Nicht das Wohl des Volkes
                  Für das sie angeblich alles tun
                  Wird das Volk endlich merken
                  Dass es nichts verliert
                  Wenn es auf diese grauen Eminenzen
                  Des Geldes und der Gläubigkeit pfeift
                  Dass auch es das Volk etwas zu sagen hat
                  Und gehört werden muss –
                  Ach bleibt ruhig auf eurem Sofa
                  Gepflatscht sitzen oder liegen
                  Glotzt in die Glotze
                  Schüttet Hochprozentiges in euch rein
                  Und mampft Erdnüsschen
                  Bis ihr beinahe platzt
                  Doch vergesst
                  Ums Himmels willen nicht
                  Zu applaudieren

Sobald die Tafel
„Applaus Applaus"
Hochgehalten wird

*Diabolisches Gelächter hallt wieder. Schulze verdünnisiert sich.
Das Licht im Saal geht an.*

Ende der Farce!